Enid Blyton

SAITH SELOG

ANTUR Y DA-DA

Addasiad Cymraeg gan
Manon Steffan Ros

Arlunwaith gan Tony Ross

atebol

SAITH SELOG

PEDR SIONED JAC COLIN

GWION MALI BETHAN

Wyt ti wedi darllen y gyfres i gyd?

Cyfres Ddarllen Lliw'r Pump Prysur

SGAMP

PENNOD 1

Un diwrnod, cafodd y Saith Selog gyfarfod ar ôl ysgol. 'Be wnawn ni am wahoddiad yr hen Broffesor Gwilym i fynd i weld y blaned Iau drwy ei delesgop heno?'

gofynnodd Pedr. 'Wn i ddim pam ei fod o wedi gofyn i ni!'

'Dwi wedi gweld y blaned Iau yn barod, ar y teledu,' ychwanegodd Colin. 'Doedd 'na ddim byd difyr amdani!'

'Bydd hi'n noson ddiflas,' cwynodd Jac. 'Mae'r hen broffesor yn gallu mwydro'n ddiddiwedd! Beth am aros gartref?'

'Byddai braidd yn ddigywilydd canslo rŵan!'

meddai Sioned gan edrych i fyny ar yr awyr. 'Wedi'r cyfan, mae o'n glên iawn yn ein gwahodd ni. Ac mae'r telesgop yn enfawr!'

'Mae'n siŵr o fwrw,' meddai Mali gan edrych ar yr awyr. 'Sbïwch ar y cymylau! Welwn ni mo'r gofod heno.'

'Os bydd hi'n glawio, mi arhoswn ni gartref,' mynnodd Pedr. 'Gobeithio y gwnaiff hi fwrw hen wragedd a ffyn!'

PENNOD 2

Ond wnaeth hi ddim bwrw.
Roedd yr awyr yn llawn
cymylau, ond ni syrthiodd yr
un diferyn o law. Ochneidiodd
y saith wrth fwyta eu te gyda'u

teuluoedd. Byddai'n rhaid
iddyn nhw fynd wedi'r cyfan!

I ffwrdd â nhw, a chwrdd
y tu allan i gartref y proffesor.
Chwarddodd y plant wrth
weld enw'r tŷ – Nen y Nos.
Mentrodd y Saith Selog
drwy'r drws.

Dywedodd y forwyn wrth
y plant am aros yn y stydi, ac
aeth i nôl yr hen broffesor.
Ond dychwelodd yn llawn

siom. 'Roedd y proffesor yn siŵr na fyddech chi'n dod am ei bod hi mor gymylog, felly mae o wedi taro allan. Ond mae ei wraig o'n dweud ei bod hi'n fodlon dangos i chi sut mae defnyddio'r telesgop, a sut i ddod o hyd i'r blaned Iau, os ydych chi'n gaddo bod yn ofalus wrth ei ddefnyddio. Dyma hi, ar y gair!'

Dynes garedig iawn oedd

Mrs Gwilym. Roedd ganddi dun anferth o dda-da i'r plant. Dangosodd i Pedr a'r lleill sut i archwilio'r gofod drwy'r telesgop.

'Dwi'n gwybod lle mae'r blaned Iau,' meddai, 'ac mi adawa i'r telesgop yn pwyntio at y man cywir. Wedyn, os bydd y cymylau'n clirio, efallai y cewch chi gip arni!'

PENNOD 3

Doedd neb o'r Saith Selog
yn gallu ei hateb gan fod eu
cegau'n llawn da-da. Gwnaeth
Pedr synau gwerthfawrogol,
gan obeithio bod Mrs Gwilym

wedi eu deall. Ar ôl iddi adael yr ystafell, edrychodd y plant ar ei gilydd ac estyn am fwy o'r da-da.

Aeth Pedr at y telesgop a syllu drwyddo. '**Wwwgl, eleshgop, ybl aaau**,' mwmialodd, ond doedd neb yn deall gair!

'**Doooim baaayd**,' meddai, a deallodd y lleill ei fod o'n ceisio dweud 'dim byd'.

Gwthiodd Jac ei dda-da
i ochr ei geg. '**Wwwim
win io aaaer**,' meddai,
ond doedd neb yn ei ddeall,
felly tynnodd ei dda-da o'i
geg. 'Does dim pwynt sbio
ar yr awyr gymylog,' meddai.
'Be am symud y telesgop
ryw fymryn ac edrych ar y
pentref a'r fferm ar y bryniau
– pethau felly. Bydd hi'n
hwyl bod mor bell oddi

wrthyn nhw a'u gweld mor glir!'

'Syniad da,' cytunodd Pedr. 'Mae symud y telesgop yn hawdd, ond, er mwyn dyn, byddwch yn ofalus – mae o'n werthfawr iawn.'

PENNOD 4

Pwyntiai'r telesgop drwy
ffenest arbennig – un enfawr
oedd yn ymestyn o'r nenfwd
i'r llawr, a doedd dim gwydr
ynddi. Gallai'r plant weld

am filltiroedd maith drwy'r telesgop.

'Be am edrych ar neuadd y pentref?' awgrymodd Sioned. 'Mae 'na ddawns yno heno – bydd y goleuadau lliwgar yn werth eu gweld.' Rhoddodd ei da-da yn ôl yn ei cheg ar ôl gorffen siarad. Roedd Pedr yn poeni am adael ôl ei fysedd ar y telesgop, a defnyddiodd ei

hances i'w lanhau.

Edrychai'r neuadd yn
agos iawn, fel petai yng ngardd
y tŷ! Tynnodd Bethan ei
da-da o'i cheg dan chwerthin.
'Dacw Mrs Dafis draw fan'cw,
a Harri, yr hen hogyn gwirion
'na, yn gwerthu tocynnau raffl
wrth y drws.'

Am hwyl! Symudwyd
y telesgop ryw fymryn, a
chafodd pawb dro yn gwylio

ffair oedd mewn cae yr ochr
arall i'r cwm.

'Bobol – mae o'n teimlo
mor agos, dwi'n siŵr i mi
weld dyn yr olwyn fawr yn
tisian!' meddai Sioned. 'Ac
mi fedra i weld Dan a Dicw,
yr efeilliaid, ar fin talu'r dyn
er mwyn cael tro.'

Treuliodd y plant
amser hir yn syllu ar y ffair,
a dechreuodd y Saith Selog

ddifaru nad oedden nhw'n
rhan o'r hwyl.

PENNOD 5

'**Yygw, wwbw, aiaaaaw**,'
meddai Pedr, wedi anghofio
tynnu ei dda-da o'i geg, ond
deallodd y lleill pan drodd Pedr
y telesgop yn ofalus i gyfeiriad

arall. Roedd o'n pwyntio at ffermdy tywyll. Roedd golau i'w weld yn un o'r ffenestri, a'r llenni ar agor.

'Dacw Mrs Annwyl yn gwau sgarff liwgar,' meddai Bethan pan ddaeth ei thro hi i edrych.

'A'r hen Mr Annwyl yn llenwi ei bib,' meddai Colin. 'Mi fedra i weld yr ysgrifen ar ei becyn baco!'

'Na fedri, wir!'
chwarddodd y lleill wrth gnoi
eu da-da.

Tro Jac oedd hi nesaf.
Plygodd i edrych drwy'r
telesgop, gan weld y ffermdy a'r
ysgubor a'r das wair. Ebychodd
yn sydyn, a llyncu ei dda-da
mewn syndod. Tagodd a
phesychodd, a phwyntio at
y telesgop gan geisio dweud
rhywbeth.

Syllodd Pedr drwy'r telesgop mewn penbleth. Beth ar y ddaear roedd Jac wedi'i weld?

Wel wir! Roedd rhywun yn stelcian o gwmpas y das wair ... ac yn cynnau matsien! Gwelodd Pedr ambell fflam yn y gwair sych, ac yna mwy, a mwy! **Ebychodd** Pedr, gan anwybyddu Jac druan yn llwyr. Syllodd yn ofalus drwy'r telesgop mawr.

Gwthiodd ei dda-da i gornel ei foch er mwyn gallu siarad yn glir. '**Tân**! Mae 'na rywun wedi rhoi tas wair Mr Annwyl ar dân – ac mae'r das yn agos iawn at y sgubor. Bobol bach, mae'r fflamau'n anferthol! Colin, dos i ffonio'r ffermwr ar unwaith! Ac wedyn, galwa'r heddlu. Bydd y gwair yn siŵr o losgi mewn dim, ac mae peryg i'r sgubor fynd yn wenfflam!'

PENNOD 6

Rhedodd Colin i chwilio
am y ffôn tra gwyliai Pedr y
cyfan drwy'r telesgop. Daeth
y dyn i'r golwg eto o'r tu ôl i'r
das wair – mae'n siŵr ei fod

o wedi cynnau'r ochr bellaf
hefyd! Gallai Pedr ei weld
o'n glir – dyn bychan, cloff
gyda barf. Ceisiodd Sioned
dynnu ei brawd oddi wrth y
telesgop iddi hi gael gweld, ond
gwrthododd Pedr symud.

Ffoniodd Colin y ffermwr
i'w rybuddio, ac yna galwodd
yr heddlu. Brysiodd yn ôl at y
lleill. 'Dwi wedi ffonio! Be sy'n
digwydd rŵan, Pedr?'

Drwy'r telesgop, gallai Pedr weld yr holl gyffro. Agorodd drws y ffermdy, a brysiodd y ffermwr a'i fab i'r buarth. Rhuthrodd gwraig y ffermwr allan hefyd, gan gario bwceidiau o ddŵr.

Funud yn ddiweddarach, sgrialodd car yr heddlu i ganol y buarth, ac wedyn daeth yr injan dân. Am gyffro! Ebychodd Pedr, ac ysai'r lleill

am gael gwybod beth oedd yn digwydd.

'Gad i ni weld, Pedr! O Pedr, paid â bod mor hunanol, ein tro *ni* ydi hi rŵan. **Be sy'n digwydd?**'

'Mae pawb wedi cyrraedd,' esboniodd Pedr. 'Mae'r das wair yn wenfflam, ond mae'r sgubor yn ddiogel. Mae'r swyddogion tân yn trochi'r gwair rŵan. Ew! Maen nhw wedi dal y dyn!

O na, nid dyna'r dyn.

Roedd y dyn gyneuodd y tân yn fach ac yn gloff, ac roedd ganddo farf. Maen nhw wedi dal y dyn anghywir – does dim rhyfedd ei fod o'n gwingo!'

PENNOD 7

Roedd hyn yn ormod i'r
lleill. Brysiodd pawb o Nen
y Nos gan weiddi, 'Rhaid i ni
fynd i'r fferm – mae hyn mor
gyffrous!'

Felly i'r fferm â nhw, a chyrraedd mewn dim o dro. Achubwyd hanner y das wair, ond doedd y tân ddim wedi lledu i'r ysgubor, diolch i'r drefn. Ceisiai'r dyn ddianc o ddwylo'r ddau heddwas mawr.

'Wir i chi, nid fi wnaeth gynnau'r tân!' plediodd.

Aeth Jac at y sarjant, oedd yn sefyll gerllaw.

'Syr – dwi ddim yn
meddwl mai'r dyn yma sy'n
gyfrifol am y tân,' meddai.
'Mae'r dyn a gyneuodd y
tân yn fach ac yn gloff, ac
mae ganddo farf.'

'Ew, Siôn ydi hwnna!'
meddai gwraig y ffermwr.
'Mi driodd o ddwyn pladur
o'r fferm yr wythnos
diwethaf!'

Cafodd y dyn arall

ei ollwng yn rhydd, a rhuthrodd yr heddlu i gyfeiriad bwthyn Siôn. Trodd y sarjant at Jac. 'Rŵan, sut wnaethoch chi hyn i gyd, blant?' gofynnodd gyda gwên lydan. 'Rhybuddio'r ffermwr, galw'r heddlu, disgrifio'r dyn gyneuodd y tân! Chi ydi'r Saith Selog, yntê? Rydach chi'n cael anturiaethau fyth a beunydd!'

'Mi welson ni'r cyfan drwy delesgop Proffesor Gwilym,' esboniodd Jac. 'Mae Pedr yn dal yn y tŷ yn ein gwylio ni.'

Ond doedd o ddim.

Pennod 8

Wrth wylio ei ffrindiau drwy'r telesgop, a gweld yr holl gynnwrf ar y fferm, roedd Pedr eisiau bod ynghanol y cyffro! Rhedodd nerth ei draed, gan gnoi'r darn bach olaf o'i dda-da wrth fynd.

'Llongyfarchiadau,' meddai'r sarjant pan adroddodd Pedr yr holl hanes wrtho. 'Mi welsoch chi rywbeth difyrrach na'r blaned Iau wedi'r cyfan. Does dim dal beth fydd rhywun yn ei weld drwy delesgop, ar fy ngwir!'

'Roedd hi'n antur wych,

er mai un fer oedd hi,' meddai Colin. 'Wnaeth hi bara'r un hyd â'r da-da!'

Chwarddodd Sioned. 'Be am ei galw hi'n Antur y Da-da?'

Dyna enw addas, y Saith Selog! Ydych chi'n cytuno?

WEDI MWYNHAU? MWYNHEWCH GWEDDILL Y GYFRES

SAITH SELOG

STRAEON BYR MEWN LLIW ...

ANTUR AR Y FFORDD ADREF

Daw sŵn sgrechian a chwffio
o'r adeilad ger y gamlas. A wnaiff
y Saith Selog gyrraedd yno cyn
i bethau fynd dros ben llestri?

SAITH SELOG

STRAEON BYR MEWN LLIW ...

PNAWN GYDA'R SAITH SELOG

Mae'r Saith wrthi'n brysur yn gofalu am
y stondinau mewn parti gardd. Ond
mae ceffyl Fred yn dwyn sylw Pedr ...
ac mae arian y stondinau – a Sgamp
– yn diflannu.

Pump Prysur

Addasiadau Cymraeg **Manon Steffan Ros**
o gyfres enwog **Enid Blyton**.

Dyma eich cyfle i fwynhau anturiaethau
Siôn, Dic, Jo, Ani a Twm - Y Pump Prysur.

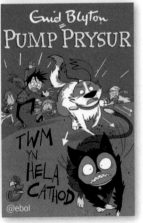

Cyfres ddarllen ar gyfer darllenwyr ifanc sy'n mwynhau
darllen am anturiaethau'r criw enwog. Pleser Pur!

PUMP PRYSUR

Addasiadau Cymraeg **Manon Steffan Ros**
o gyfres enwog **Enid Blyton**.

Dyma eich cyfle i fwynhau anturiaethau
Siôn, Dic, Jo, Ani a Twm - Y Pump Prysur.

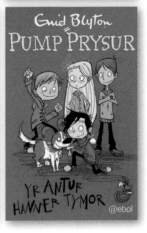

Cyfres ddarllen ar gyfer darllenwyr ifanc sy'n mwynhau
darllen am anturiaethau'r criw enwog. Pleser Pur!